Sarah Berthiaume

VILLES MORTES

Histoires

LES ÉDITIONS DE TA MÈRE

Direction artistique : Benoit Tardif
Révision linguistique : Maude Nepveu-Villeneuve
Direction littéraire : Maxime Raymond
Infographie : Rachel Sansregret
Illustrations : Sébastien Thibault, Francis Léveillée,
Gabrielle Laïla Tittley et Benoit Tardif

Achevé d'imprimer en avril 2013, à Gatineau.
Bibliothèque et Archives nationales du Québec - 2013
Bibliothèque et Archives du Canada - 2013
ISBN - 978-2-923553-45-0

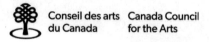

Conseil des arts **Canada Council**
du Canada **for the Arts**

*Nous remercions le Conseil des arts du Canada de son soutien. L'an dernier,
le Conseil a investi 154 millions de dollars pour mettre de l'art dans la vie des
Canadiennes et des Canadiens de tout le pays.*

*We acknowledge the support of the Canada Council for the Arts, which last year
invested $154 million to bring the arts to Canadians throughout the country.*

À Emma, ma préférée

POMPÉI

ILLUSTRÉ PAR SÉBASTIEN THIBAULT

POMPÉI

Personne ne sait ni comment, ni où, ni quand
nos lèvres touchent à la bouche du volcan.
Richard Desjardins

La nuit du 24 août de l'an 79, les habitants de Pompéi sont réveillés par un grondement sourd. C'est le Vésuve qui leur fait son wake-up call. Le Vésuve qui veut leur parler de lave rouge, de poussière grise, de roches noires qui lui grouillent dans le ventre.

« Réveillez-vous, bande de caves ! J'ai mal au coeur ! J'vais renvoyer, ça sera pas long ! »

Mais les habitants de Pompéi ne parlent pas la langue des volcans. Alors, au lieu de s'enfuir à toutes jambes avec leurs amours et leurs enfants, ils décident de se rendormir. Ils embrassent leurs amours, serrent leurs enfants contre eux et pèsent sur le piton snooze de la mort imminente. Rêver. Juste dix minutes, encore. Juste dix minutes avant l'éternité.

*

La nuit du 24 août 2009, je me réveille dans la chambre 407 du Best Western Hotel Plaza de Naples. Mes valises ouvertes font des ombres épeurantes sur un coin du tapis. J'ai aucune idée de l'heure qu'il peut être. Trois heures. Quatre heures. Minuit. Je sais pas.

Je me glisse en dehors du lit pis je vais m'asseoir sur le bord de la fenêtre. Il est là, juste devant moi. Le Vésuve. Endormi, comme tout le monde. Gros dragon tapi dans l'ombre, occupé à rêver sa prochaine catastrophe. Il reste là, silencieux, à surplomber la ville comme une menace magnifique. Je l'entends marmonner dans son sommeil:

« Profitez-en, gang. Cette nuit, je dors. Mais demain, peut-être, le cœur va me relever. Pis là, vous allez avoir un méchant party. »

Je me demande quel bruit ça peut faire, une éruption de volcan. À ce moment-là, y a un grondement sourd qui me fait sursauter. Je retiens mon souffle. Mais c'est pas le Vésuve. C'est la climatisation.

*

J'ouvre les yeux. Je suis dans un grand lit beige, au milieu d'une chambre que j'ai l'impression d'avoir jamais vue. Mon cerveau rushe un peu pour remettre les choses en place. Je suis en Italie. Je suis venue rejoindre mon chum pour la dernière semaine de son séminaire d'histoire de l'art. Visiter la ville pendant qu'il finit son cours. Je suis arrivée hier soir. Il est venu me chercher à l'aéroport, on a bu du vin, on a jasé un peu pis on s'est endormis tout habillés, parce qu'on était trop fatigués.

J'entends un grondement sourd. C'est la fan de la salle de bain. Victor sort des toilettes avec une serviette enroulée autour de la taille. Il se penche sur moi pis il m'embrasse sur le front. Je sens ses cheveux mouillés qui me frôlent la joue pis son odeur de shampoing qui envahit la chambre.

« Viens donc te recoucher, cinq minutes. »

Il peut pas. Il est en retard pour son pitch sur l'iconographie érotique de l'art romain au premier siècle après Jésus-Christ. Je comprends rien, mais juste le mot érotique me donne une épouvantable envie de baiser. Ça fait un mois qu'on s'est pas vus.

« Attends. » Je tire sur sa serviette. « Habille-toi pas tu-suite. »

Il me repousse. « On le fera ce soir, qu'il dit. Avant d'aller souper. » Il s'habille de dos pis il se sauve, en oubliant son pitch sur la table de chevet. Je lui crie « Je t'aime ! » mais une seconde trop tard : la porte est déjà fermée.

Je m'étire le bras pis je prends une de ses feuilles. Je lis au hasard.

« Si, pour les Romains, le coït en tant que tel est loin d'être considéré comme un tabou, il en va autrement de l'amour oral. En effet, dans la mentalité romaine, la bouche est l'organe réservé à l'élocution et à la sphère publique: elle doit rester pure de tout contact sexuel et, surtout, ne jamais être pénétrée. La fellation constitue donc une pratique honteuse réservée aux prostituées. Dans les œuvres d'art retrouvées à Pompéi, elle est exclusivement représentée dans les lupanars, à titre de menu. »

Trop d'informations pour moi, à matin. Je me cale dans les couvertes pis je me rendors. Juste dix minutes encore. Juste dix minutes avant d'aller me promener.

*

Je marche dans les rues de Naples. Il fait un gros soleil italien du mois d'août. J'ai mis ma robe d'été jaune avec des hibiscus. La robe préférée de Victor, parce que les bretelles se détachent en tirant dessus. Je me sens belle. Je me sens été. Je me sens presque italienne, à marcher dans ces rues-là avec ma robe jaune pis mon temps à tuer.

Tout d'un coup, je vois des grosses colonnes qui apparaissent au bout de la rue. Les ruines de Pompéi. J'entre sur le site. Y a personne. Personne sauf le Vésuve qui somnole, évaché sur la ligne d'horizon. Y a une pancarte, sur le muret, juste devant lui. C'est traduit en français. Ça dit : « Le mont Vésuve est à l'origine de la destruction de la ville de Pompéi, ensevelie le 24 août 79 sous une pluie de cendre et de boue qui l'a conservée jusqu'à nos jours dans son état antique. Il est considéré comme un des volcans les plus dangereux du monde en raison de sa tendance explosive et surtout de la population importante qui vit à ses abords. »

Je lève la tête pis je le regarde en pleine face. Je le trouve encore plus beau, encore plus menaçant que cette nuit. Le Vésuve ouvre un œil. Il me toise des pieds à la tête pis il fait claquer sa langue, pour me signifier qu'il aime ma robe. Puis, avec son menton, il me pointe un genre de maison de pierres, de l'autre côté de la rue.

Je m'approche.

C'est écrit LUPANAR, en gros, sur la porte d'entrée. Au-dessus de la porte, il y a une fresque. Un genre de peinture direct sur la pierre, avec plein de couleurs pis de fioritures. C'est une femme agenouillée entre les jambes d'un homme. L'homme porte une serviette blanche autour de la taille. La face de la femme a été arrachée. Le Vésuve claque des doigts pour me dire de me dépêcher parce qu'il a pas rien que ça à faire, des visites guidées. Je rentre en dedans. On s'ostine pas avec un volcan.

La pièce est remplie de statues couchées dans la garnotte. Des corps momifiés. Des corps en équipe de deux, qui dorment en cuillère comme si de rien n'était, comme si ça faisait pas deux mille ans qu'ils étaient stallés là. Y a une pancarte sur le mur.

« Selon les archéologues, les victimes de l'éruption du Vésuve n'ont pas été asphyxiées, mais tuées instantanément par une violente

vague de chaleur et de poussière. La posture des ossements découverts a révélé l'absence quasi totale de gestes de protection ou de signes d'agonie. Tout s'est produit en une fraction de seconde, juste avant qu'un amas de cendre vienne statufier les victimes. »

Je frissonne.

Au milieu de la pièce, il y a une fille toute seule. Elle a les jambes repliées sur elle-même, comme si elle dormait. Elle a pas de visage. Juste une grosse roche râpeuse qui lui sert de tête. Je me demande ce qu'elle fait là, toute seule, au milieu du monde serré les uns contre les autres. Est-ce qu'elle dort ? Est-ce qu'elle pleure ? Est-ce qu'elle vient de faire une pipe pis elle a honte ?

Tout d'un coup, je me rends compte qu'il y a du monde partout dans la maison. Du monde avec des casquettes pis des lunettes de soleil ; du monde avec des sacs bananes remplis de gourdes d'eau, de crème solaire, pis de collations santé; du monde avec des bottes de marche high-tech pis des kodaks numériques accrochés dans le cou. Ça parle en toutes les langues, ça s'ostine, ça mange de la crème glacée. J'essaie de sortir, mais y a plus de porte.

J'essaie de crier, mais j'ai plus de bouche : ma tête est devenue une grosse face râpeuse. Pis là, j'entends le rire du Vésuve qui se met à résonner, très fort, partout. Je me couche à terre. Pis là…

*

Je me fais réveiller par le téléphone qui résonne dans la chambre 407 du Best Western Hotel Plaza de Naples. Mon cerveau prend une seconde pour remettre les choses en place. Je suis en Italie. Pis ça, c'est sûrement Victor qui appelle pour dire qu'il a oublié son pitch. J'ouvre les yeux. Il fait beau. Il fait un gros soleil italien du mois d'août. Je me lève. Je me traîne les pieds jusqu'au téléphone qui flashe rouge. Je décroche.

C'est pas Victor, sur le message. C'est une fille. Une fille qui parle italien. Je comprends rien, sauf la fin du message. Ça finit par « amore mio ». Elle répète ça deux fois. Amore mio, amore mio. Pis elle raccroche.

Je raccroche moi aussi. Je mets ma robe jaune. Pis je m'assois sur le lit. J'attends. J'attends que Victor revienne pour m'expliquer. J'attends qu'il revienne pour me dire que c'est pas ce que je pense, que j'ai mal entendu, que « amore mio », ça veut dire ménage ou visa de travail en italien. C'est sûrement ça. Il faut que ce soit ça. J'attends que ce soit ça. J'attends une heure. Deux heures. Deux mille ans. Je sais pas.

*

Victor débarre la porte de la chambre. Il entre. Il dit : « C'est con, j'ai oublié mon pitch sur la table de chevet. » Je demande : « Qu'est-ce que ça veut dire, " amore mio " ? » Il répond : « Ça veut dire " mon amour ", pourquoi tu me demandes ça ? » Je reste assise raide comme une barre dans ma robe d'été. Sa robe préférée, parce que les bretelles se détachent en tirant dessus. Je dis : « Y a un message de fille, sur le répondeur. Je pense que c'est pour toi. »

Victor va au téléphone. Il prend son message. Ça se met à sentir le soufre, très fort, partout. Il raccroche. Il dit rien. Il fixe mes valises ouvertes dans un coin de la chambre. Le silence s'étire. C'est insoutenable. Ma voix crie « Parle, Victor. Parle ! »

Victor me regarde dans les yeux. Il prend une grande respiration, pis il dit : « J'ai rencontré quelqu'un. »

Mon corps encaisse le choc. Ma bouche s'ouvre pour parler, mais y a pas un son qui sort. J'ai l'impression qu'elle est pleine de boue. La phrase de Victor tourne et retourne dans ma tête. J'ai rencontré quelqu'un. C'est ça, le bruit d'une éruption. J'ai rencontré quelqu'un.

Sa bouche continue de cracher des mots sur moi. Hasard, collègue, jamais pensé, Italienne, début du mois, coup de foudre, lâche, téléphone, courriel, pas capable, comprendre, excuses, pardonner, excuses, fini, excuses. Chaque mot est une braise rouge qui passe de son ventre à mon cœur, avec une force de propulsion impressionnante. Mon chum est une catastrophe avec de la gueule. Il grimpe étonnamment haut sur l'échelle des volcans.

Je sens mon corps fondre par spots pis coller sur les plis de ma robe jaune. Il me vient une envie foudroyante : l'enlever pis partir à courir tout nue dans les corridors de l'hôtel. Faire comme la petite fille de la guerre du Vietnam, la petite fille brûlée au napalm sur une photo en noir et blanc. Arracher tout

ce qui brûle, ma robe, ma peau, mon cœur, pis courir en hurlant vers rien. Fuir la catastrophe. Me pitcher vers l'avant. Je vais courir sans jamais m'arrêter, des jours, des mois, des années, jusqu'à ce que j'aie plus de corps, jusqu'à ce que je sois devenue juste un cri qui court, un cri qui fait la navette entre les ruines, le Vésuve pis le Best Western Hotel Plaza de Naples pour avertir les gens que les volcans dorment jamais, que les volcans sont pas là où on pense, que les volcans brûlent des robes fleuries dans des chambres d'hôtel pour transformer des corps en cri.

Mais je me rends compte que la nuée ardente est finie. Victor a plus de mots à cracher sur mon corps. Il s'est assis à côté de moi sur le lit blanc. Pis même si ma robe brûle, il me prend dans ses bras. Mon corps s'agrippe à lui comme les corps de Pompéi. On reste là. Une seconde. Une minute. Deux mille ans. Il pleure. Ma robe arrête de brûler. Ma peau arrête de faire mal. Je respire. Je prie de toutes mes forces pour que le timing soit de mon bord pis que la lave arrive là, tu-suite, maintenant. Pour que le Vésuve se réveille pis nous crache ses tripes par la fenêtre. Pour qu'on soit pétrifiés ensemble, Victor pis moi, enlacés dans la chambre 407 du Best Western Hotel Plaza de Naples.

Mais le Vésuve dort sur la switch. Y a pas de lave qui rentre nulle part.

Je bave des mots dans le cou de Victor, des mots qui vont s'écraser en petits tas sur le tapis gris. Comprendre, laisser partir, faire l'amour, dernière fois. Le corps de Victor se raidit. Sa bouche dit non.

Mon corps le prend pas. Mes mains s'agrippent à sa ceinture et commencent à la détacher. J'entends la voix de Victor qui répète des « non, fais pas ça », mais c'est comme un réflexe. Comme un mécanisme de survie. Je plonge ma main dans les boxers de Victor. Je trouve son sexe recroquevillé contre sa cuisse, comme s'il espérait ne pas être mêlé à tout ça. Je le prends dans ma main. Il est mou. Ridiculement mou.

Je sens une boule de honte me monter dans la gorge. J'ai honte pour lui, j'ai honte pour moi. J'ai honte pour nous.

Mais le pathétisme me fait pas peur. Je me mets à genoux sur le tapis beige pis je prends le sexe de Victor dans ma bouche. Il est tellement petit que j'ai l'impression d'avaler un oiseau. Victor bouge pas. Il me laisse faire. Il se dit peut-être que ça va finir plus vite comme ça. Très doucement, je me mets à le sucer. Victor bronche pas. Son sexe reste mou. J'ai l'impression d'être toute seule dans la chambre, à faire le bouche-à-bouche à un oiseau. Je suce Victor comme on fait une prière : à genoux, en fermant les yeux, en espérant de toutes mes forces que quelque chose arrive : Dieu, un miracle, une éruption volcanique. N'importe quoi.

Pendant que ma bouche continue d'aller et venir sur lui, je pense à l'Italienne. Je me demande si ses pipes sont meilleures que les miennes, je me demande si on sent ses dents, je me demande si elle avale. Je me demande combien de fois ils l'ont fait, dans quelles circonstances, je me demande où ils l'ont fait, dans son appartement à elle ou dans son char ou dans les toilettes du musée ou ici, dans la chambre 407 du Best Western Hotel Plaza de Naples. Je me demande s'il la regarde, s'il lui parle, s'il la touche, pendant qu'elle le suce. Je me demande s'il met les mains sur sa tête, ou dans ses cheveux, je me demande s'il lui prend la nuque, s'il respire fort, s'il dit son nom. Je me demande comment elle s'appelle. Je me demande s'il pense à elle lui aussi, en ce moment. C'est là que je sens le sexe de Victor durcir dans ma bouche. À la seconde précise où je me demande ça.

Mais ma bouche est pas orgueilleuse. Ma bouche s'en fout que Victor pense à l'Italienne. Elle fait son travail de bouche. Elle le suce plus vite, plus fort, en aspirant, en gardant le rythme, en mettant de la bave, en serrant ses joues, en faisant un bruit de succion ridicule qui résonne dans le vide de la chambre. Ma bouche redouble d'ardeur jusqu'à ce qu'elle sente que ça y est, que le volcan est sur le bord de venir, que l'éruption va avoir lieu pis que c'est grâce à elle, à ma bouche, à moi. Pas à l'Italienne. Juste à nous. Ma bouche pis moi.

Je sens le sexe de Victor tressaillir dans ma bouche. Victor lâche un soupir triste, qui tombe en boule à côté du lit comme un oiseau mort. Son sexe exulte sans conviction. J'ai à peine deux ou trois gouttes de sperme dans le creux de la joue. Je l'avale. Je le sens descendre le long de ma gorge. Ça me donne l'impression de me pétrifier par en dedans.

Victor se tourne sur le côté. Il prend des kleenex sur la table de chevet. Il s'essuie. Il me tend la boîte. Je fais non de la tête. Il remet ses boxers. Rattache sa ceinture. Pis la dernière chose qu'il dit avant de sortir, c'est : « J'aurais aimé mieux que ça finisse pas comme ça. »

*

Mon corps se couche sur le tapis beige de la chambre 407 du Best Western Hotel Plaza de Naples. Je me sens comme Pompéi. Je me sens comme vingt mille personnes mortes d'un coup. Je reste un long temps comme ça, couchée sur le flanc, avec les jambes repliées sur moi-même. J'ai l'image de la fille à la face râpeuse qui me revient. Je sais exactement comment elle se sentait au moment de l'éruption. Et là, très doucement, y a une pluie de cendre qui se met à tomber du plafond. Une pluie de cendre très fine et très blanche qui recouvre mon corps, qui monte jusqu'au plafond de la chambre 407 du Best Western Hotel Plaza de Naples. La dernière chose que je fais, avant de disparaître sous la cendre, c'est de regarder par la fenêtre. Du coin de l'œil, je vois le Vésuve qui me regarde. Il sourit.

GAGNON VILLE

ILLUSTRÉ par FRANCIS LÉVEILLÉE

GAGNONVILLE

Je suis monté à pied sur la côte du radar
J'ai vu mourir ma ville sous le soleil du Nord
Michel Rivard

Je suis née à Gagnonville. C'est normal que ça vous dise rien. C'est plus sur aucune map nulle part. Ils ont tout rasé en 85 quand la mine a fermé. Mon père travaillait là, dans la mine. C'était lui, le représentant syndical des mineurs. Faque quand ça a fermé, il a fait une dépression. Remarquez, c'est peut-être aussi parce que c'est lui qui a retrouvé la voisine pendue dans son cabanon trois jours avant qu'ils démolissent. C'était une madame de l'équipe de ringuette qu'il coachait. Ça l'a ben marqué, je pense. Maintenant, il est plus capable d'ouvrir de porte tout seul, parce qu'il a trop peur de trouver quelqu'un pendu en arrière. Quand on a déménagé, il a fait enlever toutes les portes. On doit être la seule maison au monde à avoir des rideaux de billes dans le cadre de porte de la salle de bains.

Donc, en 85, quand le gouvernement a rentré une grue dans notre maison, on a été obligés de déménager. Ma mère dit que ça a tué mon père, que c'est depuis ce temps-là qu'il est pas vivable. C'est un peu plate, parce que j'avais un an. Faque son époque vivable, je m'en souviens plus trop. Mon père, pour moi, ça a toujours été rien qu'un gros tas qui passe son temps assis sur son cul à siler à cause de l'emphysème. Parce que mon père est pas juste resté mineur dans son cœur. Dans ses poumons, aussi. Surtout.

Mon père m'aime pas. Il a arrêté de m'aimer le jour où j'ai pété sa statue de Sainte-Barbe. Sainte-Barbe, c'était une martyre chrétienne du troisième siècle qui s'est fait chopper les boules pis décapiter par son père parce qu'elle croyait en Dieu pis que lui, y'était contre ça. Pis fouille-moi c'est quoi le rapport, mais c'est aussi la sainte patronne des mineurs. Faque c'est comme une tradition de mettre une statue d'elle à l'entrée des mines pour pas qu'il y ait d'éboulement ou d'affaire de même. À Gagnonville, y en avait une, une statue de même. Pis comme mon père était le délégué syndical des mineurs, ben c'est lui qui l'a gardée quand la mine a fermé. Il l'avait mise sur le foyer, pour que je puisse pas y toucher. Dans ma tête de petite fille, c'était

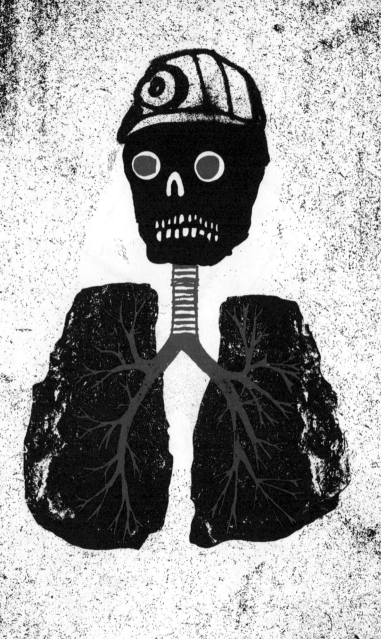

comme une poupée de roche avec les seins à l'air. Je trouvais ça excitant pis, en même temps, je trouvais ça triste qu'on parle de sa barbe alors qu'elle en avait même pas. Faque quand j'ai été assez grande pour me rendre jusqu'au foyer, je suis allée dans la pharmacie chercher la crème à raser, pis j'ai vidé la bombonne sur la statue. Mon père est rentré pendant que je la rasais avec un couteau à beurre. Il me l'a enlevée, mais comme elle était pleine de crème à raser, elle lui a glissé des mains. On a essayé de la recoller, mais les quarante-quatre petits morceaux ont jamais vraiment pogné ensemble à cause de la crème. Ma mère a fini par la jeter. C'est depuis ce jour-là que mon père m'haït.

C'est aussi depuis ce jour-là que, sur le foyer, chez nous, la statue de Sainte-Barbe a été remplacée par le télé-horaire. C'est à la télé que mes parents vouent un culte, maintenant. Leur série préférée, c'est *Santa Barbara*. Tous les après-midi à deux heures, ma mère s'assit sur le divan à côté de mon père qui tousse, pis ils se tapent *Santa Barbara*. J'haïs ça, cette série-là. Surtout le générique. « Santa Barbara, qui me dira pourquoi j'ai le mal de vivre ? » Avec des images de grosses maisons de riche pis de filles en maillot de bain. Mal de vivre, mon cul.

Tous les cinq ans, il y a un souper commémoratif des anciens de Gagnonville. Ils louent une salle communautaire dans la région, pis tous les Gagnonvillois se retrouvent pour manger des sandwiches pas de croûte pis se faire croire que c'était donc mieux dans le temps qu'ils vivaient tous parkés les uns à côté des autres dans des maisons mobiles. À les entendre, on dirait qu'ils parlent du paradis perdu, de l'eldorado ou je sais pas quoi. Cette année, c'est mon père qui a été chargé de faire le discours du souvenir. D'habitude, c'était le maire qui le faisait, mais y'est mort l'année passée. Accident d'auto. Donc, ma mère a fait une crise pis elle m'a dit que c'était ben important que je vienne pour entendre mon père, parce que ce discours-là, c'était la chose qui comptait le plus au monde pour lui. Elle a ajouté : « À part la statue de Sainte-Barbe, mais ça, tu l'as cassée. » Faque je suis allée.

La première chose que j'ai remarquée en rentrant dans la salle, c'est les centres de table : des petits sacs de sable argent qui tenaient des ballounes rouges avec écrit *Gagnonville 1960-1985* dessus. Y avait le premier *Ce soir on danse* qui jouait dans le tapis. Ma mère avait insisté pour qu'on se mette chic. Évidemment, on était les seuls. Au milieu du monde en jeans pis en runnings, avec ma robe rouge pis mes talons hauts, j'avais l'air d'une hostie de reine de carnaval.

La fille du bar me rappelait quelqu'un. Elle avait des longs cheveux blonds jusqu'aux fesses pis un uniforme de maître d'hôtel : des culottes taille haute, une chemise blanche, un plastron noir pis un nœud papillon. Pauvre fille, j'ai pensé. J'ai commandé une vodka double que j'ai calée d'une shot pis un bloody mary pour boire à ma table. J'ai laissé trois piasses de tip. La fille a fait un petit sourire bizarre en ramassant l'argent. Pis c'est là que j'ai flashé : Kelly Capwell. La fille de *Santa Barbara*. C'était à elle qu'elle ressemblait.

« Tu ressembles à la fille de *Santa Barbara*. Kelly Capwell. Tu y ressembles.

- Ouin. Tout le monde me dit ça. »

Elle m'a souri, pis elle s'est mise à essuyer son comptoir. J'ai eu envie d'y dire que j'écoutais pas vraiment ça, que c'était mes parents qui tripaient là-dessus, mais je me suis trouvée conne pis je suis allée m'asseoir à une table en tétant mon bloody mary. J'ai spotté mes parents. Ma mère essayait de partir une game de téléphone arabe avec d'autres madames à l'autre bout de la salle. Mon père était assis avec une gang de p'tits vieux comme lui. Sûrement son ancienne gang de mineurs. De temps en temps, y en avait un qui se mettait à tousser pis les autres s'interrompaient pour attendre qu'il ait fini. C'était comme un rituel. Je me suis mise à les imaginer en uniforme de mineurs, tous crottés, avec des lampes dans le front. Sûrement qu'ils toussaient moins, dans ce temps-là.

Je me suis levée pour aller aux toilettes. La fille du bar est rentrée pas longtemps après moi. On est restées une à côté de l'autre devant le miroir. Je me lavais les mains. Elle se mettait du rouge à lèvres. Je savais pas trop quel âge lui donner. Trente ans, peut-être.

« C'est quoi ton nom ?
- ...
- Moi, c'est Kelly. » Elle a fait swinger ses cheveux en donnant un coup de tête. « T'as pas l'air de triper fort à soir.
- Pas trop, non. »
Elle a rangé son rouge à lèvres. J'ai remarqué qu'elle avait spotté ma craque de seins dans le miroir, mais j'ai fait comme si j'avais pas vu.

« On va fumer un joint dans le back-store, si ça te tente. »

Elle m'a fait le même petit sourire que tantôt, pis elle est sortie. Quand elle a ouvert la porte, j'ai entrevu mon père qui répétait son discours dans le miroir de la toilette d'en face. Il a fait un genre de tentative de joke, pis en voulant rire, il s'est mis à tousser. J'aurais dû aller lui taper dans le dos, comme ma mère fait tout le temps pour qu'il s'étouffe pas. Mais je suis sortie de la toilette comme si j'avais pas vu.

Y avait pas vraiment de back-store. C'était plus comme un frigo. En fait, c'était carrément un frigo. Y a l'autre gars du bar, un grand chauve déprimant, qui m'a passé le joint quand je suis rentrée. Il devait faire à peu près moins trente, là-dedans, j'ai pensé que j'allais mourir de frette. Encore une fois, j'ai maudit ma mère de m'avoir obligée à mettre ma maudite robe rouge. Le gars du bar avait pogné le fixe sur mes boules, pis j'étais tellement sur les hautes que j'avais l'impression que mes bouttes allaient sortir pour lui crever un œil. Ostie.

J'ai regardé autour de moi dans le frigo. Y avait des caisses de bière empilées jusqu'au plafond. De la Coup de grisou. J'aurais jamais

pensé qu'ils auraient ça dans une salle communautaire. J'ai pensé à la statue de Sainte-Barbe
pleine de crème à raser. Pis à la voisine pendue
dans son cabanon. Je me suis demandé pourquoi elle avait fait ça. Peut-être qu'elle s'était
imaginé sa maison avec une grue dedans, pis
que ça l'avait tellement déprimée qu'elle avait
eu le goût de se pendre. Je me suis demandé
si elle avait pensé à qui la retrouverait dans le
cabanon. En tout cas, elle se doutait sûrement
pas que ça serait son coach de ringuette, pis
que ça l'empêcherait d'ouvrir des portes pour
le restant de ses jours. Pis là, j'ai eu un flash de
mon père qui s'étouffait devant le miroir de la
toilette des hommes. J'étais sûrement en train
de manquer son discours.

« Tu viens-tu de là, toi aussi ? »

C'était Kelly qui me regardait avec son
petit maudit sourire. Elle était encore là, elle. Je
me suis sentie mal à l'aise, tout d'un coup.

« D'où ?
- Gagnonville.
- Ah. Oui.
- Tu t'ennuies-tu de là ?
- Pas vraiment. J'avais un an quand on est
partis.

- Pis là, t'as quel âge ?
- Vingt-trois. Toi ?
- Moi aussi. »

Elle me bullshitait, c'était sûr. Elle s'est approchée. C'est fou comme elle ressemblait à la fille de la télé.

« Elle est belle, ta robe.
- Merci.
- Elle te fait bien.
- Merci. »

Elle a rentré sa main dans mon décolleté pis elle m'a pogné un sein. Ordinairement, j'aurais reculé. Mais là, j'ai juste pas réagi. J'ai essayé d'articuler quelque chose comme :

« Attends, je... »

Mais elle m'a embrassée.

Pis là, la musique a changé. C'était plus *Ce soir on danse*. C'était un beat des années quatre-vingt, avec du saxophone. Y s'est mis à avoir un p'tit vent dans le frigo. Mais c'était pas froid ni rien, c'était juste... juste parfait. Pis là, sans que je le veuille vraiment, ma langue s'est mise à aller avec la musique. Au ralenti. Pis pas juste ma langue : mes mains aussi. Gros plan sur mes doigts qui déboutonnent un par un les boutons de sa chemise. Petit coup de vent soutenu : ses longs cheveux blonds volent par en arrière. Kelly me regarde. Focus sur l'étincelle qui brille dans ses yeux. Pis là, tranquillement, elle fait glisser une bretelle de ma robe rouge. Saxophone high-pitched. Prochain plan : moi, de dos, la tête renversée par en arrière, les yeux dans le blanc, la bouche ouverte. Les mains de Kelly agrippent mes hanches. Le chanteur hurle : « la douceur de tes mains, ton corps contre le mien et ce parfum de toi à Santa Barbara... » Pis là, j'viens. Pour la première fois de ma vie, j'viens.

Je sais pas exactement ce qui s'est passé après. Mes genoux ont lâché, je pense. En reculant, j'ai accroché une pile de caisses de bières de deux mètres de haut, y a eu un bruit épouvantable, pis tout est devenu noir. Quand je me suis réveillée, j'étais toute seule dans le frigo. Y avait de la bière partout. J'ai appelé Kelly. Pas de réponse. Je me suis levée. J'avais mal à la tête, pis j'avais de la misère à me tenir debout dans la vitre, avec mes talons. Pis là, j'ai vu une flaque de sang à terre. Kelly avait été blessée. Elle saignait. C'était peut-être une question de vie ou de mort. J'ai poussé la porte du frigo pis je suis sortie en hurlant le plus fort que je pouvais :

« Y a-t-il un docteur dans la salle ? Kelly Capwell a été blessée ! »

Pis là, tout s'est arrêté.

J'ai vu mon père debout sur la scène, avec une feuille dans une main, pis un micro qui buzzait dans l'autre. J'avais interrompu son discours. Il me regardait. J'ai pensé qu'il devait avoir ce regard vide là quand il a trouvé la voisine pendue dans le cabanon. Je me suis vue dans le reflet du miroir de la salle de réception. J'avais les yeux rouges. Les lèvres bleues. J'étais toute collante de bière. Ma robe avait une bretelle déchirée. J'avais une boule qui sortait. Une boule pleine de rouge à lèvres. Pis Gagnonville au grand complet était là. À me regarder. À regarder mon père qui me regardait, moi pis ma boule pleine de bière pis de rouge à lèvres.

J'ai eu le goût de crier « Je t'haïs ! » ou « Je t'aime ! » – je le savais plus. Pis le temps que je me décide à ouvrir la bouche, mon père s'est mis à tousser. Mais à tousser beaucoup. Plus que d'habitude. Il est tombé à genoux. Ma mère s'est pitchée sur lui pour lui taper dans le dos. Mais ça marchait pas. Il toussait de plus en plus fort. Pis à un moment donné, il a juste ouvert la bouche, il a fait un long silement, comme un buzz de micro, pis il est tombé en pleine face. Ça a pris quinze minutes avant que l'ambulance arrive. Pendant que tout le monde s'énervait autour de la civière, j'ai vu Kelly sortir des toilettes. Elle saignait du nez. Elle est passée devant moi sans me regarder, elle a pris sa sacoche derrière le bar pis elle est partie.

Tout le monde est parti. Sauf moi. Moi, je suis restée là. Avec ma robe rouge. Pis mon sein plein de rouge à lèvres qui sortait. Je suis montée sur la scène, pis j'ai regardé la salle. *Gagnonville 1960-1985* écrit sur des ballounes. Mon origine.

Pis là, j'ai entendu un silement qui s'approchait. Pis dans le miroir de la salle de réception, je les ai vus. Cent cinquante mineurs en chienne de travail. Vieux. Bedonnants. Crottés. Ils avançaient comme s'ils étaient tous attachés les uns aux autres, en silant, en toussant, pis en crachant à terre. Mon père était en avant. Il tenait dans ses bras le corps de la voisine pendue dans le cabanon. Mais son regard était pas vide comme j'avais pensé. C'était un regard triste. Le regard le plus triste que j'avais vu de ma vie.

Les mineurs de Gagnonville se sont arrêtés devant la scène. Ils m'ont regardée avec leurs faces sales pis leurs lampes frontales qui m'aveuglaient. Pis ils se sont mis à chanter :

Santa Barbara, qui me dira pourquoi j'ai le mal de vivre ?
Santa Barbara, je ne sais pas, je vais comme un bateau ivre
Emportant mes souvenirs.

Pis j'ai trouvé ça beau.

KANDAHAR

illustré par gabrielle laïla tittley

KANDAHAR

Le drapeau américain flotte au-dessus
de notre ambassade à Kaboul. (…)
Et aujourd'hui, les femmes
de l'Afghanistan sont libres.
George W. Bush

Réveil. Cinq heures du matin. Robe de chambre. Gougounes. Sors de la tente. Soleil, gros soleil. Déjà.

Roulotte des douches. Odeur de chlore. Enlève la robe de chambre. Seins blancs. Ventre blanc. Gougounes. Robinet. Eau chaude. Sable dans la tête. Normal. Shampoing Vanille magique avec glitters. Blanche-Neige sur la bouteille. Pense à Kira. M'ennuie de ma petite. Oublie ça. Trop tôt pour penser à ça. Habille. Uniforme. Jupe beige, polo beige, calotte de camouflage. Runnings.

Sors de la roulotte des douches. Chemin de gravelle. Sable. Cris d'oiseaux. Boardwalk. Line-up, gros line-up. Déjà.

Café. Name tag. Net à cheveux. Jennifer. Face de beu.

« It's broken again.

- What ? je lui demande.

- What do you think ? The fucking cappucino machine. »

Ostie. Ça va être une belle journée.

*

C'était dans le *Journal de Montréal*, au printemps. Ça prenait un quart de page des petites annonces. « Servez ceux qui servent », c'était ça, le titre de l'annonce. Pis en plus petit, en dessous :

« Les Forces canadiennes sont à la recherche d'employé(e)s pour remplir les postes de service à la clientèle dans la succursale Tim Hortons localisée sur la base militaire à Kandahar, en Afghanistan. »

C'était 17 000 piasses. Plus une prime de 1800 piasses par mois. Logée. J'ai calculé, vite, vite, pour le fun. Ça faisait au-dessus de 25 000 piasses. 25 000 piasses en six mois. Je faisais même pas ça en un an, à l'entrepôt. Pis là, une

fois que j'ai eu fait ce calcul-là, y a deux mots qui se sont mis à flasher dans ma tête.

Disney World.

C'est parce que j'ai une fille de trois ans, OK ? Pis depuis qu'elle est grosse de même, son gros trip, à ma fille, c'est les princesses. T'sais, Walt Disney, ils ont commencé à mettre toutes les princesses ensemble, là ? Ben c'est ça. Elle capote là-dessus. C'est princesses, princesses, princesses. Elle a du linge des princesses, des bébelles des princesses, du shampoing des princesses... Y a pas moyen d'y donner rien qui a pas rapport avec les princesses. Juste un exemple, de même : elle porte encore des couches la nuit, OK ? D'habitude, moi, je lui achète ses couches des princesses. Mais une fois, c'est ma mère qui est allée faire l'épicerie, pis elle lui en a acheté une autre sorte. Des couches avec Shrek, ou les Bagnoles, ou je sais pas trop. C'est pas de sa faute, à ma mère, elle savait même pas qu'ils faisaient ça, des couches des princesses. Faque arrive le soir. Je viens pour mettre la couche de Shrek à Kira. La crise, toi. Elle voulait rien savoir. Elle braillait, elle donnait des coups de pied. Il a fallu que ma mère retourne à l'épicerie lui acheter ses couches des princesses, sinon, on aurait passé la nuit là-dessus. Pis j'aurais pas pu rentrer à l'entrepôt le lendemain. Pis t'sais. Toute ça.

Faque quand j'ai lu l'annonce « Servez ceux qui servent » dans le *Journal de Montréal* pis que j'ai calculé 25 000 piasses en six mois, moi, j'ai pensé à Disney World. À voir les princesses en vrai. J'arrêtais pas de me dire : Kira capoterait, aller là. Elle capoterait.

*

Huit heures et quart. Rush, gros rush. Déjà. Café. Beigne à la poudre, café. Hug. Bagel, fromage à la crème, good morning, you too, smile, café. Cappucino Vanille française, non, ostie, c'est vrai, la machine, I'm sorry, quoi, à la place, café, hug, OK. Crème Boston, no, my hat is not for sale, ha, ha, ils font tous cette joke-là, café, ça va aller, câlin, oui, oui. Glacé au miel, café, God bless America, oui, oui, bonne journée toi aussi, smile, café. Timbits, Double chocolat, À l'ancienne, Boston à l'érable, a taste like home, c'est ça, ben oui, smile, café. Smile, Roussette au miel, café, câlin, café, hug, café, hug, smile, café, câlin, hug, café, hug, smile, sourire, café, café, café.

*

Une fois aux deux semaines, ma mère lève la petite à six heures pour que je puisse y parler sur Skype avant d'aller me coucher. Chaque fois, Kira braille en demandant pourquoi maman est partie loin loin.

« Maman est ici pour donner des beignes aux soldats qui tuent des méchants. C'est important que maman soit ici. Tu comprends, ma pinotte ? »

Ben non, elle comprend pas. Pauvre pinotte. Toute couettée, les yeux rouges dans son pyj des princesses. J'aurais le goût de lui prendre une grande snif dans le cou, là où c'est chaud, là où ça sent la poudre pour bébé pis les bonbons au beurre.

Je ravale mon motton.

« Pis ? As-tu fait la grande fille cette semaine ? Mamie t'a-tu donné une surprise ? »

Elle court dans sa chambre pis elle revient avec son pack-sack rose, qu'elle montre à la web-cam. Au-dessus des princesses en robe de bal, y a un gros sticker jaune « Support our troops ».

Je lui demande si elle sait ce que ça veut dire. C'est pour aimer maman. C'est ça qu'elle me dit.

*

Minuit et vingt. Insomnie. Ça me fait ça quand je viens de parler à Kira. Ça arrête pas de spinner dans ma tête. Je peux pas m'empêcher de me demander à quoi j'ai pensé. Qu'est-cé que j'avais d'affaire à venir me crisser icitte, au beau milieu du désert, au beau milieu de la guerre, loin de ma petite qui a besoin de moi, à quoi j'ai ben pu penser, à quoi j'ai pu...? Robe de chambre. Gougounes. Sors de la tente. Boardwalk. Lune. Étoiles. Silence. Je pense à la toune de Disney. C'est quoi déjà? « When you wish upon a star, makes no difference who you are, everything your heart desires will come to you... » Pis là, je vois... Une étoile filante. Pis une autre. Pis encore une autre. Des perséides, crisse. Des perséides à Kandahar. La magie doit ben exister encore un peu. Pendant que mes yeux braillent tout seuls, je fais douze fois le même vœu d'affilée. Je souhaite douze fois revenir vite chez nous pour serrer ma petite dans mes bras.

*

Réveil. Cinq heures du matin. Robe de chambre, gougounes, sors de la tente, douche, boardwalk, roulotte. Name tag. Net à cheveux. Café.

La face de beu de Jennifer est pas comme d'habitude. « What's the matter ? » je lui demande. Le stock pour les beignes s'est fait contrôler aux frontières. Ils sont tombés sur les boîtes de mélange pour les muffins Explosion de fruits. Y'ont pas vraiment aimé le jeu de mots.

« They kept everything. Fucking Muslims... We have nothing left but coffee today. Take your day off. »

Elle me met mon cup de café dans les mains pis elle referme la porte derrière moi.

Un jour off. Mon premier depuis quatre mois. Je sais pas trop quoi faire avec ça. Aller me recoucher, peut-être ?

« Pssst. Pssst ! »

Qu'est-cé ça ?

« Pssst! Ici! Dans votre main! »

Je baisse les yeux vers mon cup de café.

Il sourit.

« Alors, Majesté. On a du temps à tuer? »

Shit. Mon café qui me parle. Je dois pas avoir assez dormi, ou avoir avalé trop de sable, ou...

« Ou avoir prié votre bonne étoile! When you wish upon a star, makes no difference who you are... Les étoiles ont entendu votre vœu et m'ont envoyé vers vous pour le réaliser! N'est-ce pas merveilleux?
- Han? Quel vœu?
- Voir Kira, Majesté!
- OK, non, wô, minute, je comprends pas. Premièrement, comment tu sais le nom de ma fille? Pis deuxièmement, pourquoi tu m'appelles Majesté? Pis troisièmement... t'es qui, toi?
- Double-Double. Pour vous servir, Altesse. » Il me fait une révérence en levant son couvercle. « Oh, je sais, je sais. D'habitude, les princesses ont des petits animaux mignons pour compagnons magiques. Mais bon, les petits animaux mignons, ça court pas les rues, par ici.
- Mais je suis pas une princesse, moi.

- Déroulez mon rebord.

- Quoi ?

- Déroulez mon rebord ! Allez ! »

Je déroule son rebord.

« Félicitations ! Vous êtes une princesse parce que vous avez le cœur pur. »

Je sens une pluie de sparkles me tomber sur la tête.

« Vous voyez ? »

Je regarde mon reflet dans la porte du Tim Hortons. Moi, dans une grosse robe à crinoline. Mes seins blancs jackés dans un corset en satin qui me fait une taille d'avant Kira. Mes pieds pédicurés dans des souliers à talons transparents. Mes cheveux plus de sable, remontés en peignure compliquée avec des glitters, des perles pis des fleurs blanches qui sentent les cupcakes.

Ben voyons donc.

« Et maintenant, Majesté, nous devons aller voir Zarghona pour lui adresser votre requête.

- C'est quoi, ça, Zarghona ?

- Zarghona est une sorcière qui exauce parfois les souhaits des étrangers. Mais attention ! Vous devez absolument répondre correctement à toutes ses questions, sinon…

- Sinon quoi ?

- Sinon, elle vous jettera un sort !

- Un sort ?

- Êtes-vous prête à rencontrer Zaghorna, Votre Altesse ?

- Ben... OK, mais…

- Alors, nous n'avons pas de temps à perdre ! Buvez-moi ! »

Je comprends rien. Mais je pense à Kira. Pis je prends une gorgée.

*

Une rue. Beige. Avec des clôtures beiges. Des tas de cochonneries beiges. Des chars beiges. Des barrières beiges. Des hommes armés beiges. Pis du sable. Partout. Du sable tellement fin qu'on dirait de la farine ; tellement fin qu'il reste en suspension dans l'air pis qu'il rend flous les contours des affaires. Du sable qui donne l'impression que tout est en train de s'effacer.

« Bienvenue à Kandahar, Majesté ! »

S'il me l'avait pas dit, j'aurais pensé qu'on était sur la Lune, tellement y a rien. La Lune le jour des vidanges, mettons. C'est à ça que ça ressemble. Ça prend quelques minutes à mes yeux pour s'habituer au sable. Pis là, au beau milieu du beige, je vois... un château. Un château comme un gâteau de mariage. Rose, blanc, avec des étages, des roses en fer forgé, des froufrous, de la guimauve, des fenêtres en cœur. Un vrai château de princesse. Là, out of nowhere. Un mirage dans le désert. Un miracle au milieu des cochonneries.

« Qu'est-cé ça ? C'est ben beau !

- C'est le repaire de Zarghona, Votre Altesse !

- Cibole. C'est payant, être sorcière.

- Oh. Ce n'est pas à elle, Majesté. Ça appartient à des amis du gouvernement afghan. Des seigneurs de guerre, des anciens chefs de clan, des gouverneurs. Pour eux, c'est de l'investissement immobilier : ils se font construire des châteaux avec l'argent des contrats américains, puis ils se sauvent à Dubaï, avec leur famille. Zarghona squatte leurs châteaux, en attendant.

- Je comprends pas. Ils se font construire ça pis ils restent pas dedans ?

- Tout ce qu'il y a à retenir, Majesté, c'est la morale de l'histoire : les Grands gardent l'argent pour eux pendant que les Petits crèvent de faim sous les bombes. Allez ! Dépêchez-vous ! Plus vite vous verrez Zarghona, plus vite vous aurez votre fille dans vos bras ! »

Je pense au cou de Kira. L'odeur de poudre pour bébé pis de bonbons au beurre. Je pense que je vais peut-être la sentir bientôt. Pis je prends une autre gorgée.

*

Des fenêtres à la grandeur. Des escaliers qui tournent. Des colonnes blanches, des tapis rouges, des plafonds de dix pieds de haut. Pis ça, c'est juste le vestibule.

Kira capoterait, voir ça. Elle capoterait.

Je monte les marches deux par deux. À l'avant-dernière marche, j'ai un soulier qui me glisse du pied. Shit. Je suis plus habituée de marcher avec des talons hauts. Je m'en fous. Je continue à monter.

L'escalier donne sur une grande salle en marbre. Au milieu de la pièce, y a une femme assise par terre dans sa burka. C'est elle. C'est Zarghona. On voit juste ses mains qui dépassent. Des mains rose pâle, avec des spots blancs, des gales pis des stripes plus foncées.

« Entre. Je t'attendais. »

Elle agite sa main dégueulasse, pour me dire de s'asseoir en face d'elle. Je m'assois. Silence. Je la sens qui me fixe à travers la grille de sa burka.

« Qu'est-ce tu veux ? »

J'ai peur. Mais Double-Double me fait un clin d'œil. Je réponds.

« Je... viens pour vous demander si je pourrais voir ma fille. Kira. Elle est au Canada. Je suis venue travailler ici pour lui payer un voyage à Disney World. Mais là, ça fait quatre mois que je l'ai pas vue, pis j'en peux plus. Je deviens folle. Double-Double m'a dit que vous pourriez... ben que vous pourriez m'aider.

- Tu as de quoi payer ?
- Je travaille au Tim Hortons, j'ai pas beaucoup d'argent, je...
- Qui t'a parlé d'argent ?

- Je sais pas, vous m'avez parlé de payer, je pensais que/

- Je te parle de sacrifice. Qu'es-tu prête à donner pour voir ta fille ? Des mains ? Une jambe ? Un visage ?

- Rien de ça, je/

- Si tu n'as rien à m'offrir, dis-moi, pourquoi est-ce que je t'aiderais ?

- Ben parce que... parce que nous, on est venus vous aider. Les Afghanes. On est venus tuer les talibans pour que vous soyez libres. Faque peut-être que vous pourriez m'aider vous aussi. Comme un échange. »

Pendant une seconde, je pense que j'ai répondu pas pire.

Mais là, Zarghona se met à rire. D'un rire fou. Un rire qui se pitche contre les murs de marbre pis qui fait trembler le château au grand complet. Mes yeux se mettent à piquer. Double-Double me crie :

« Vous avez mal répondu, Majesté. Il faut partir avant qu'elle nous jette un sort ! »

Comment ça, j'ai mal répondu ? Pourtant, c'est ça : on est venus pour les sauver, pour qu'elles soient libres, pour...

Zarghona m'arrache Double-Double des mains. Pis le verse à terre.

« Shit ! Pourquoi vous faites ça ? »

« Ça t'apprendra à faire des vœux en comptant les balles traçantes. »

Des balles traçantes ?

« Il y a longtemps que nous n'avons plus d'étoiles filantes, ici, Majesté. »

Je regarde à terre : y a une flaque noire à la grandeur de la pièce. Mais c'est pas du café. C'est plus noir, plus épais, avec des arcs-en-ciel qui shinent dedans. Shit. C'est du pétrole. Je viens pour courir vers la porte, mais Zarghona me barre le chemin. Et là, une fenêtre de la salle explose. Boucane. Bouttes de vitre qui revolent. Tirs de mitraillettes. Hurlements. La flaque noire pogne en feu. Zarghona aussi. J'étouffe. Je pleure. Je veux m'en retourner chez nous. Pendant que sa burka flambe comme une torche, Zarghona tend ses mains vers moi. Elles sont noires. Dégoulinantes de pétrole. Pis dans un hurlement, elle s'essuie sur ma belle robe. Je sens une odeur d'essence. Du feu sur mes joues. Le bruit de ma tête contre le marbre. Pis après. Plus rien.

*

Café. Beigne à la poudre, café. Blood.
Bagel, fromage à la crème, good morning,
you too, scream, café. Cappucino Vanille
française, non, ostie, c'est vrai, la machine,
I'm sorry, quoi, à la place, café, blood, OK.
Crème Boston, no, my hat is not for sale,
ha, ha, ils font tous cette joke-là, café, ça va
aller, fire, oui, oui. Glacé au miel, café, God
bless America, oui, oui, bonne journée toi
aussi, scream, café. Timbits, Double chocolat, À l'ancienne, Boston à l'érable, a taste like
home, c'est ça, ben oui, scream, café. Smile,
Roussette au miel, café, fire, café, blood, café,
blood, scream, café, fire, blood, café, blood,
scream, sourire, café, café, café.

*

Réveil. Je sais pas quelle heure. Quelque
chose de très doux sur ma bouche. C'est chaud,
c'est mouillé, c'est comme une langue qui tourne
qui... J'ouvre les yeux. Y a un gars penché sur
moi. Un soldat. Avec des yeux bleus. Une barbe
de deux jours. Pis un sourire... parfait.

Je demande combien de temps j'ai dormi.
Le soldat me répond qu'on est en 2014. La

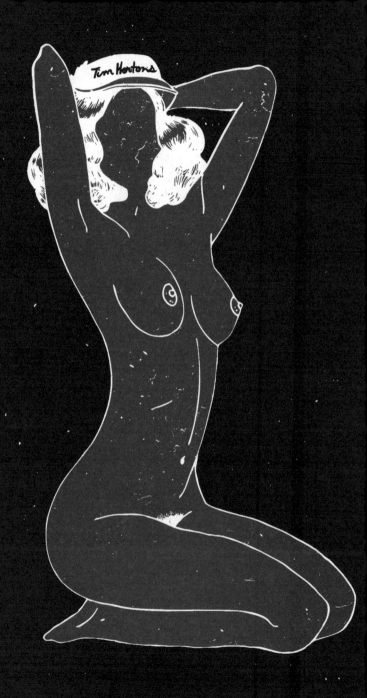

guerre est finie. Les taliban sont vaincus. Les Afghanes sont sauvées. Le bien a triomphé du mal. Tout va bien aller, maintenant.

Doucement, il passe ses bras forts sous mon corps. Il me soulève comme si je pesais rien. Je sens ses muscles bandés sous sa chemise d'armée. Son odeur de sueur. Pis son gun qui tape dans son dos pendant qu'il descend les marches du château. Je lui demande où on va. Il me répond qu'on s'en retourne chez nous.

À partir de là, je sais. Je travaillerai plus jamais au Tim Hortons. Ni à l'entrepôt. Je vais emménager chez lui, en banlieue de Québec, avec Kira. On va se marier. En blanc. On va faire d'autres bébés. Pis on va toujours être heureux.

Délicatement, il me dépose dans son tank. Il m'embrasse. Il démarre dans un nuage de poussière. Pis on roule ensemble vers notre nouvelle vie.

Dehors, on passe devant une femme en burka qui quête, avec son petit gars mort dans les bras. Mais on est dans un tank. Faque on la voit pas.

DIX30

ILLUSTRÉ par
BENOIT TARDIF

DIX30

Avant, on avait des villes.
Maintenant, on a des magasins.
Rodrigo Garcia

Quand le gars de Concordia m'a appelée, j'étais complètement désespérée. Ça faisait six mois que j'avais pas eu de contrat. Pas de théâtre, pas de télé, pas de pub. Rien.

« Je trouver ton photographe sur le site de le Conservatory de drama. Je penser à toi pour être le actrice de ma film de l'étudiant. »

Hé seigneur. Un film étudiant. Ça, d'habitude, c'est pas full bon signe.

« C'est une film avec la zombie courant dans le derrière de l'humain. You know ? »

En plus, on va se le dire : j'ai jamais tripé là-dessus, moi, les films de zombies. Moi, voir du monde se faire manger l'intestin par une gang de cadavres moisis qui râlent, je vois pas vraiment l'intérêt.

« So ? Il te tenter-tu ? »

Bon. OK, c'était un film de zombie, mais c'était quand même un contrat de comédienne. C'était mieux qu'une claque sur la yeule.

« So ? Il te tenter-tu ? »

J'ai pris une grande respiration de yoga en me disant qu'il fallait faire confiance à la vie. Pis j'ai dit au gars de m'envoyer son scénario.

L'histoire était assez classique. Non, OK, pour vrai, on va se le dire : l'histoire était complètement poche. Un jeune couple qui tombe en panne, la nuit, dans un village qui a l'air désert, mais qui, en fait, est infesté par des zombies. Ils passent la nuit à courir partout comme des caves pour pas être contaminés. Le gars se fait pogner, mais la fille s'en sort en se faisant ramasser sur le pouce. Le dernier plan de caméra, c'est son bras avec des traces de dents, dedans. Elle va devenir un zombie, elle va contaminer le monde extérieur, pis ça va être une épidémie à l'échelle mondiale. Générique.

J'ai joué Hedda Gabler, au Conservatoire, t'sais. De Hedda Gabler à la fille-zombie, y a un méchant pas.

Faque deux semaines plus tard, le gars en question parque sa minoune devant chez nous à neuf heures et demie du soir. Direction : Granby. C'est là qu'on tourne les scènes de nuit.

Le gars s'appelle Shaun. Dans ma tête, il fitait avec l'idée que je me faisais des étudiants de Concordia : je l'avais imaginé avec un petit look hipster du Mile End, genre qui passe dans les pages « Street stylin' » du *Nightlife*. Complètement raté. Shaun est un petit gros avec une tuque péruvienne, un t-shirt de Chucky, des lunettes de John Lennon pis une moustache molle. Seigneur.

Je me dépêche de lui demander si on va chercher l'autre acteur, celui qui va faire mon chum. Il m'explique, dans son français approximatif, que cette nuit, on tourne juste mes scènes à moi. Ah. Il rougit, replace ses lunettes, démarre, se renverse du café sur les cuisses, étouffe le char. Je me dis qu'il est en train d'arriver exactement ce que je craignais : je suis pognée pour passer la nuit avec l'archétype du pur tripeux de zombies. Monsieur Geek avec zéro skills sociaux. Ça, c'est super. Ça, c'est vraiment super.

Je vois ses pupilles se dilater à travers ses lunettes. Oh non. Il a envie de jaser.

« You know, ce que j'aimer avec la film de zombie, c'est son base qui est le critique sociale. Elle projeter un représentation apocalyptique de l'society qui avancer dans le total dé-humanization de l'individuel en opposé de l'masse. Plus importante que son personnel survive, la hero, qui by the way sont toujours la anti-hero, fightent pour protecter son habilité mentale, donc de rester humain. La film de zombie, en base, faite le apology de le liberté de penser. You know ? »

Seigneur. Je me cale dans mon banc pis je calcule que d'ici cinq minutes, je vais pouvoir faker de m'endormir sans avoir l'air trop impolie. Passer la nuit à Granby avec le pire no life de la terre. Ça m'apprendra à dire oui à n'importe qui.

Je me réveille en sursaut parce que Capitaine Geek me shake par le bras. Il a l'air complètement paniqué.

« Je oublier de la remplir du gaz avant qu'on parter. »

Je m'étire le cou. L'aiguille de sa minoune est dans le rouge. Il faut trouver quelque chose pis vite. J'ai vraiment pas le goût de passer la nuit stallée sur la 10 à jaser de zombies. Je commence à considérer l'option de me pitcher en bas du char en marche quand je vois se profiler une grande tour multicolore sur le noir du ciel. Yes. C'est sûr qu'ils ont du gaz, là-dedans.

On passe la tour lumineuse, pis on entre dans le quartier DIX30. Y a personne. Les rues sont vides. Les stationnements sont vides. Les magasins sont vides. Y a rien. Juste des soldes, partout. Pis les mannequins des boutiques qui nous observent, du haut de leurs cinq pieds huit pas de tête.

Capitaine Geek viraille en cherchant une station-service. Évidemment, y en a pas. C'est exactement à ce moment-là que le char nous lâche au beau milieu de la rue.

Ça, c'est super. Ça, c'est vraiment super.

On débarque de l'auto. Shaun a l'air complètement débiné. Il doit commencer à se rendre compte que son tournage s'en va chez l'yâble. On a pas de cellulaire ni l'un ni l'autre pour appeler.

« Je suis soif. »

Ouin. Moi aussi, je suis soif. De toute façon, le tournage est scrap. On peut bien prendre une bière pour fêter ça.

Devant nous, au loin, y a un gros building rond. Un genre de mégacomplexe au milieu de nulle part. On marche jusque-là pis je pousse la porte du building. C'est un grand hall luxueux, avec des lustres en faux diamant pis du tapis psychédélique à la grandeur. Mais y a personne. Voyons, calvaire, sont où tout le monde ? Y a deux portes d'ascenseur au fond. Le piton du cinquième indique Radio Lounge. J'appuie dessus.

Silence. Puis, tranquillement, un bruit sourd qui s'intensifie. De plus en plus fort. Je regarde Shaun. Sa moustache tremble. Je commence à avoir peur. Cinquième étage. Les portes s'ouvrent. Pis c'est là qu'on les voit. À travers les fog machines pis les stroboscopes, on les voit.

Ils sont des centaines, voire peut-être des milliers. Ils ont plus rien d'humain. Des monstres. Leur peau orange a l'air sur le bord de leur tomber de la face. Leurs corps sont complètement difformes. Créatine, silicone, stéroïdes, botox : ils ont des excroissances chimiques qui leur sortent de partout. Ils ont aucun signe de pilosité apparente. Pis ils ont presque plus de vêtements.

Faut pas paniquer. Faut juste pas paniquer. On va demander notre chemin à la barmaid, pis sortir tranquillement d'ici. Tout va bien aller. Il faut juste rester calme, pis tout va bien se passer. Shaun s'accoude au bar. La barmaid se tourne vers lui.

« Red Bull donne des ailes ! En voulez-vous un shooter ? »

C'est un piège. Elle essaie de nous conta-miner. Shaun lui arrache sa cannette de Red Bull, la dégoupille pis la pitche à terre de toutes ses forces. Explosion de broue brune. Glucose, taurine, caféine partout sur le dance floor. J'en ai dans la face, dans les yeux, dans la bouche. Y en a un, sur le catwalk, qui me pointe son cellulaire dans le décolleté.

« Danse ! Je vais te filmer avec mon cell ! Tu peux être sur la guest list si ta photo passe sur le site ! »

Là, je sais pas ce qui se passe dans mon corps : j'ai l'impression que j'ai des ailes qui me poussent dans le dos. Je saute sur le catwalk pis je kicke son cellulaire avec un move de kung-fu que je connaissais même pas.

Je saute en bas du catwalk. Shaun me prend par la main. Pis on court jusqu'à l'ascenseur. Flèche par en bas. Envoye. Envoye ! Y a un gros difforme qui nous a suivis. On a pas intérêt à le faire trop chier : ses bras sont plus gros que mes cuisses. Les portes de l'ascenseur s'ouvrent. Shaun saute dedans. Je le suis.

« Heille, c'est le concours Miss Radio Lounge, dans cinq menutes. Va-t'en pas ! Tu peux gagner une paire de boules ! »

Le gros difforme avance sa main pour m'attraper, mais les portes se referment sur son bras, juste à la hauteur de son tatoo tribal. Shaun pèse sur un piton. L'ascenseur se met à descendre. Rrrtch. Hurlement. Le gros bras orange tombe à terre. Y a du sang partout. J'en ai dans la face, dans les yeux, dans la bouche. Je me mets à paniquer.

« Ah, seigneur, qu'est-ce qu'on va faire, qu'est-ce qu'on va faire, qu'est-ce qu'on/ »

Shaun me sacre une claque dans la face. Il me prend le menton pis il me regarde drette dans les yeux.

« Juste écouter moi. C'est comme pour le film de la zombie. »

Shaun ramasse le gros bras orange, avec les veines qui sortent. Il me le tend.

« Si y en avez une qui se approcher trop beaucoup, tu le frapper sur son tête si fort que tu peux avec le boutte qui saigner. Right ? »

Les portes de l'ascenseur s'ouvrent sur le hall d'entrée. On va pour sortir, mais y en a une, sortie de nulle part, qui se pitche sur Shaun.

« Heille ! Les filles peuvent pas résister à l'effet Axe. Veux-tu un échantillon ? »

Elle lui envoie un pouche de sa cochonnerie drette dans la face. Je perds pas une seconde : je me pitche sur elle pis je frappe de toutes mes forces avec mon gros bras orange. Elle tombe à terre. Sa tête explose sur le tapis psychédélique. Shaun arrache une de ses jambes. Elle a des talons aiguilles de six pouces. C'est bon.

En me relevant, je regarde Shaun. Je le trouve beau, tout d'un coup. Sa tuque péruvienne, il me semble que c'est la chose la plus érotisante que j'ai vue de ma vie. Je suis prise d'une irrépressible envie d'enlever mon top, je pourrais pas dire pourquoi. C'est là que je remarque que Shaun a un petit bout de cervelle qui lui pend au bout de la moustache. C'est plus fort que moi : je me jette sur lui pis je lui lèche sensuellement. On se frenche à bouche que veux-tu, dans l'ascenseur. Sa moustache molle me chatouille la lèvre d'en haut. Seigneur, faites qu'on s'en sorte. Que ça soit pas la dernière fois.

On se prend par la main, on sort du building, pis on se met à zigzaguer dans les rues désertes. De dédale en dédale, on arrive au centre du labyrinthe. La Place Extasia. Le cœur du DIX30. Je reprends mon souffle, mais j'essaie de rester aware. Le combat est pas fini, je le sens. Juste comme je me dis ça, y a de la musique de Noël qui sort des lampadaires. Seigneur. De la musique de Noël. On est le premier novembre. Mais la musique de Noël, c'est rien. Ce qui sort après est mille fois pire.

« Inspiré du modèle du Lifestyle Center, le Quartier DIX30 est situé à l'angle des autoroutes 10 et 30 à Brossard. Ce tout nouveau concept commercial constitue la nouvelle tendance d'avenir. Plus de 200 boutiques et restaurants s'étalent sur un terrain de deux millions de pieds carrés, permettant au public de satisfaire tous ses besoins dans un même lieu. Doté d'une salle de spectacle ultramoderne de 900 places, d'un hôtel-boutique, d'un spa et d'un gym, le Quartier DIX30 représente un investissement de près de 500 millions de dollars ayant pour objectif de créer un milieu de vie urbain où il fait bon vivre et s'amuser. Le Quartier DIX30, c'est plus qu'un centre commercial : c'est un centre à l'échelle humaine axé sur la qualité de vie, la beauté, les espaces verts et une grande diversité au point de vue de l'offre. Quartier DIX30 : laissez-vous surprendre encore et encore ! »

Toutes les portes de toutes les boutiques s'ouvrent en même temps. Aldo, H&M, Indigo, Apple Store, Atmosphere, Future Shop, Walmart, Fruits & Passion. Pis ils sortent. Ils sont des milliers. Il en sort de partout. Ils avancent vers nous en brandissant des sacs de plastique qui leur pendent au bout des bras. Ils râlent des noms de marque. En dix secondes, on est encerclés. Shaun m'attire à lui.

« Sur go, on foncer dans la tas. Ready ? »

Je serre mon gros bras orange.

« I love you, Shaun.
- I love you too, baby. Chaaaarge ! »

On fonce dans le tas. Le sang pisse. Les têtes explosent. Les sacs en plastique tombent à terre. Y a du linge, des iPhone, des cartes de crédit, des emballages-cadeaux, des queues de castor, des milles de récompense Air Miles pis des tripes partout dans les rues du DIX30.

Mais à mesure qu'on fesse, on dirait qu'ils se multiplient. Pour chacun qui tombe à terre, y en a dix qui sortent des boutiques. Seigneur. On sera jamais capables d'en venir à bout. Ils sont trop. Déjà, je sens mes forces diminuer. Je lance un coup d'œil désespéré à Shaun. Je vois dans son regard qu'il a compris. Il sait que je suis sur le point d'abandonner. Il me sourit, en faisant aller sa moustache. Il m'envoie un bec soufflé. Mais qu'est-ce qu'il fait ? Pourquoi il se défend pas ? Il... Il lâche sa jambe avec un talon de six pouces, il... Attention, Shaun, y en a un juste derrière toi qui... Shaun ! NOOOOOOOON !

Je le vois disparaître, happé par un groupe de hipsters qui l'entraînent dans un Apple Store.

Il s'est sacrifié pour moi. Il s'est fait contaminer pour que je gagne du temps. Shaun. Mon beau geek. Mon amour de moustache molle.

Je recommence à fesser. Mais c'est pas moi qui fesse : c'est la vengeance. Je suis Némésis, câlisse. Je vais venger mon amour massacré par les forces de mon gros bras orange. J'ai plus mal, j'ai plus soif, j'ai plus peur : c'est Shaun qui guide mes coups. Le temps s'arrête : tout ce qui existe, c'est mon gros bras orange pis les corps qui s'empilent devant moi. Je suis une guerrière vengeresse, une walkyrie crinquée. Je suis la loi du talion qui pogne les nerfs.

Je sais pas combien de corps j'abats. Je sais pas combien de minutes ou d'heures je passe à détruire les habitants de ce maudit quartier infernal là. Mais à un moment donné, je la vois. La tour multicolore. Mon espoir. Ma rédemption. Mon salut.

Je lâche mon gros bras pis je me mets à courir le plus vite que je peux. Passer la tour. Il faut juste que je passe la tour. La rumeur s'intensifie à mesure que je me rapproche : « Communiste ! Communiste ! » Je cours plus vite. Mes poumons vont exploser. Lâche pas, que je me dis. Une seconde encore. Une seconde pis ça y est.

L'autoroute. Je suis sauvée. Des larmes de joie tracent des sillons sur ma face beurrée rouge. Je suis sauvée. La rumeur s'éteint tranquillement, au loin. « Communiste, communiste, commu… » Je lève mon pouce en scrutant l'horizon. Je suis sauvée. Grâce à toi, Shaun, mon amour. Je suis sauvée.

Le soleil se lève tranquillement sur l'autoroute. Le DIX30 disparaît au loin. Je pense à Shaun. Je me dis que c'est exactement ça qu'il aurait voulu. Que je survive. Que je survive au nom de « le liberté de penser ». Shaun. Mon beau geek. I'll never forget you, baby.

C'est là je sens quelque chose dans ma poche d'en arrière. Qu'est-cé ça ?

« Obtenez quinze pour cent de rabais sur tous vos achats lors de votre prochaine visite au DIX30. »

Quinze pour cent. Quand même.

Ce texte a été joué en version préliminaire
(« Pompéi », « Gagnonville » et « DIX30 »)
au Festival Fringe de Montréal, en juin 2009,
puis en version définitive, du 5 au 23 avril 2011,
dans le cadre de la résidence de création d'Abat-jour Théâtre
à la salle Jean-Claude Germain du Théâtre d'Aujourd'hui

Texte : Sarah Berthiaume
Mise en scène : Bernard Lavoie

Distribution :
Sarah Berthiaume (« Gagnonville »)
Stéphanie Dawson (« DIX30 »)
Joëlle Paré-Beaulieu (« Kandahar »)
Céliane Trudel (« Pompéi »)

Conception sonore et musique live :
Géraldine, Navet Confit

Assistance à la mise en scène, régie et éclairages :
Sylvain Letendre

Décor et costumes : Fannie Breton-Yockell
Direction de production : Tania Perno-Viau
Direction technique : Maxime Clermont-Michaud